VENTE DU 2 FÉVRIER 1888

(HOTEL DROUOT)

CATALOGUE

DE

LIVRES, JOURNAUX

BROCHURES, PAMPHLETS, AFFICHES, PLACARDS

GRAVURES, CARICATURES, PORTRAITS

DESSINS, EAUX-FORTES, LITHOGRAPHIES, PHOTOGRAPHIES

Relatifs aux Événements de 1848 à 1880

ET PRINCIPALEMENT

SUR LA GUERRE FRANCO-ALLEMANDE DE 1870-1871

ET LA COMMUNE DE PARIS

COMPOSANT

LA COLLECTION DE FEU M. ***

PARIS

Vᵉ ADOLPHE LABITTE

LIBRAIRE DE LA BIBLIOTHÈQUE NATIONALE

4, RUE DE LILLE, 4

1888

LA VENTE AURA LIEU

LE JEUDI 2 FÉVRIER 1'888

A 2 heures précises du soir

HOTEL DES COMMISSAIRES PRISEURS, 9, RUE DROUOT

SALLE Nº 4

Par le ministère de Mᵉ Maurice DELESTRE, commissaire-priseur

27, RUE DROUOT

Assisté de M. Ém. PAUL, gérant de la Librairie Vᵉ Adolphe LABITTE

4, RUE DE LILLE

CONDITIONS DE LA VENTE

La vente se fait expressément au comptant.

Les acquéreurs payeront 5 p. 100 en sus des enchères, applicables aux frais.

Il y aura exposition le jour de la vente, de 1 à 2 heures.

Les livres et les suites de gravures devront être collationnés dans les vingt-quatre heures de l'adjudication. Passé ce délai, ou une fois sortis de la salle de vente, ils ne seront repris pour aucune cause.

M. Ém. PAUL, chargé de la vente, remplira les commissions des personnes qui ne pourraient y assister.

CATALOGUE

DE

LIVRES, JOURNAUX

GRAVURES, CARICATURES, ETC.

COMPOSANT LA COLLECTION DE FEU M. ***

LIVRES ET BROCHURES

1. L'Apocalypse (en polonais). *S. l. n. d.* in-8, goth. br.

   Réimpression en fac-similé, par Adam Pilinski, de l'édition de 1565.

2. Martini Cromeri Orechorius, sive de Coniugio et Cœlibatu sacerdotum commentatio. *Coloniæ*, 1564. — Martini Cromeri sermones tres synodici : cum adiunctis aliquot aliis et carmine juvenili de resurrectione Christi. *Coloniæ*, 1566. — Catholicæ communionis Defensio, ad s. p. q. Tremonensiem, adversus Epistolam Hamelmanni. Per Jacobum Horstiñ. *Coloniæ*, 1563. — Pro Evangelistarum ac selectarum nostri temporis, maxime Luterissimi peste publica reprimenda, admonitio, sive antidotus Bonifacio Britanno, Germano, authore. *Parisiis*, 1565. — Ens. 4 ouvrages en 1 vol. pet. in-8, vél.

3. Conférences sur les Litanies de la Très Sainte Vierge, par le P. Justin de Miechow de l'ordre des frères prêcheurs, traduites par l'abbé Antoine Ricard. *Paris, Hipp. Walzer*, 1870, 6 vol. in-8, demi-rel. chag. grenat.

4. La Vie de la vénérable mère Marguerite-Marie, religieuse de la Visitation-Sainte-Marie, du Monastère de Paray-le-Monial en Charolois, par J.-J. Languet, évêque de Soissons. *Paris, chez la Vve Mazières*, 1729, in-4, front. v. f. ant. dos orné.

5. Religion. Réunion de 17 vol. in-8, reliés et brochés.

   Dieu d'après la foi, par l'abbé Henri Planet, 1869. — Paganisme et Judaïsme, par Döllinaer, 1858, 4 tomes en 2 vol. — Du Concile général et de la paix religieuse, par Mgr H. Maret, 1869, 2 vol. — Histoire de Marie Alacoque, par l'abbé Cucherot, 1878. — L'Anti-Febronius ou la primauté du pape, par le P. Zaccaria, 1859, 4 vol. — Grand traité des contrats expliqué aux élèves du collége romain, par le R. P. Gury, 1877, 3 vol. — Tableaux évangéliques et topographiques des Lieux Saints, par l'abbé F. Létard, 1875, 2 vol. — Rome et la République française, par J. Favre, 1871.

6. Religion : Écrits politiques et historiques pour et contre l'Eglise catholique, le Pape, les Jésuites, etc. Études, pamphlets, etc. Environ 400 br. in-8.

7. Instruction publique : Instruction primaire, secondaire, supérieure. Lois, décrets, laïcisation, etc. Environ 100 brochures, in-8.

8. Politique : Suffrage universel, Réforme électorale, Liberté de la presse, etc. Environ 150 br. in-8.

9. Économie politique : Impots. Question sociale, Associations ouvrières, Finances, Banques, Crédit, etc. Environ 400 br. in-8 et in-12.

10. Histoire universelle du cheval (en polonais), par le comte Marius Czapski. *Poznan*, 1874. 3 vol. in-8, planches, cart. (*plus les tomes I et II brochés*).

11. Mélanges militaires : Réorganisation de l'armée, études, réformes, etc. Environ 250 vol. et br. in-4 et in-8.

12. Paulli Merulæ Cosmographiæ generalis libri tres : Item Geographiæ particularis libri quatuor : Quibus Europo in genere, speciatim Hispania, Gallia, Italia, describuntur. *S. l. ex officina Plantiniana*, 1595, in-4, cartes, bas.

13. Ortelius. Theatrum orbis terrarum. *Antuerpiæ*. 1603, in-fol. cartes coloriées, bas.

La meilleure édition de cet ouvrage.

14. Études historiques et politiques sur le second Empire. Environ 80 vol. et brochures in-8 et in-12, reliés et br.

15. Pamphlets contre le second Empire. 218 brochures in-4 et in-8.

16. La Troisième Invasion, texte par M. Eug. Véron. Eaux-fortes par M. Aug. Lançon. Première partie : De la déclaration de guerre à la capitulation de Sedan. Deuxième partie : Le Siège de Paris, la Guerre en Province. *Paris, Librairie de l'Art et Ch. Delagrave*, 1876, 2 vol. in-fol. texte sur papier vélin, cartes et 154 planches gravées à l'eau-forte, en feuilles dans 2 cartons.

Plusieurs planches du tome I sont en double sur JAPON.

17. Mélanges historiques, politiques, critiques, etc. sur la guerre franco-allemande de 1870-1871. Environ 500 brochures, in-4 et in-8.

18. Guerre Franco-Allemande de 1870-1871. Ouvrages sur Sedan, Metz, Strasbourg, Châteaudun, etc. Campagnes de l'armée du Nord, de l'armée de la Loire, etc. 130 vol. et brochures, in-4 et in-8.

> Ducrot. La Journée de Sedan. — Les Prussiens en Alsace. — Le Siège de Strasbourg, par Alf. Marchand. — Souvenirs du bombardement et de la capitulation de Strasbourg, par R. Signouret. — H. Cavaniol. L'Invasion de 1870 dans la Haute-Marne. — P. Montarlot, Châteaudun. — Favret. Le Siège de Belfort. — Les Murailles d'Orléans pendant l'occupation prussienne. — Delcrot. Versailles pendant l'occupation. — De Freycinet. La Guerre en province. — Procès Bazaine, etc., etc.

19. Ouvrages militaires et autres, spécialement sur le siège de Paris, par La Roncière Le Noury, Ad. Michel, d'Heylli, J. d'Arsac, L. Veuillot, Wachter, L. Leclerc, La Vausserie, Yriarte, Blanqui, Flourens, etc. 140 vol. et brochures, in-4, in-8 et in-12.

20. Quatrelles. A Coups de fusil. Ouvrage illustré de trente dessins originaux hors texte, par A. de Neuville. *Paris, G. Charpentier*, 1877, in-4, br.

> Exemplaire avec la suite des trente gravures sur chine, auquel on a ajouté quelques planches doubles en divers états.

21. Journal du siège de Paris, publié par Georges d'Heylli. *Paris, Libr. générale*, 1874, 3 vol. in-8, demi-rel. chag. vert avec coins, tête dor.

22. Études historiques et critiques sur le 4 Septembre et le gouvernement de la Défense Nationale. Environ 80 volumes et brochures, in-4 et in-8.

23. Ministère de l'Intérieur. Sommaires et Analyses de la Presse parisienne, départementale et étrangère. Gr. in-8, demi-rel. chag. vert et en feuilles.

> Du 1er octobre 1870 au 18 mars 1871 (siège de Paris) et du 1er mai au 31 décembre 1877.

24. Enquête parlementaire sur les actes du gouvernement de la Défense Nationale et l'Insurrection du 18 mars. *Versailles*, 1872-1875, 20 vol. in-4, cart.

> Rapports, 10 vol. — Dépositions des témoins, 5 vol. — Pièces justificatives, 2 vol. — Enquête sur le 18 mars, 3 vol.

25. Commune de Paris, 1871. Ouvrages et écrits historiques, politiques, satiriques pour et contre. Environ 400 vol. et brochures, in-8 et in-12.

26. Mélanges politiques et historiques sur l'Assemblée Nationale,
la Présidence de M. Thiers, celle du Maréchal de Mac-Mahon,
les Prétendants, etc. Environ 2000 brochures.

27. Berosi sacerdotis Chaldaici antiquitatum Italiæ ac totius
orbis libri quinque, commentariis Joannis Annii Viterbensis,
theologiæ professoris. *Antuerpiæ*, 1552, in-8, vél.

   Édition plus complète que celles qui l'ont précédée.

28. Comentari della Moscovia et parimente della Russia et delle
altre cose belle et notabili, composti gia latinamente per il
signor Sigismondo libero barone in Herberstain, Neiperg et
Guettnhag, tradotti novamête di latino in lingua nostra vuol-
gare italiana. *In Venetia*, 1550, in-4, carte, vélin.

   Rare.

29. Vetera Monumenta Poloniæ et Lithuaniæ gentiumque finiti-
marum historiam illustrantia maximam partem nondum edita
ex tabulariis vaticanis deprompta collecta ac serie chronolo-
gica disposita ab Aug. Theiner. Tomus secundus : ab Ioanne
PP. XXIII, usque ad Pium PP. v, 1410-1572. *Romæ, Typis Vaticanis*, 1861, in-fol. demi-rel. chag. brun, dos orné, fil.

30. Mélanges religieux et historiques sur la Pologne. Environ
400 brochures et quelques volumes, la plupart en langue polo-
naise, in-8, br.

31. Biographies de personnages ayant joué un rôle dans les événements de 1850 à 1880. Environ 150 brochures in-8.

32. Bibliothèque nationale. Département des imprimés. Cata-
logue de l'histoire de France, publié par ordre du Gouvernement. *Paris, Firmin-Didot*, 1879, in-4 à 2 col. br.

   Tome XI : Publications parues sur l'histoire de France depuis la Convention, 1792, jusqu'à nos jours (31 décembre 1875).

JOURNAUX. AFFICHES

33. Journaux politiques et satiriques, la plupart n'ayant eu
qu'un seul numéro, publiés de 1848 à 1852.

   Charité et Justice, nº 1; *le Canard; le Flaneur; le Drapeau de la République; l'Éducation républicaine; la France; l'Apôtre du peuple; la Cons-
   piration des poudres; l'Accusateur public; Jacques Bonhomme; l'Impartial; Diogène sans culotte; Journal des ateliers; les Boulets rouges; la
   Fraternité; Banque du peuple; l'Echo national; la Révolution démocra-
   tique; l'Echo des employés; le Petit Homme rouge; le Garde-mobile;
   Dutcochicoquancarflambardino; le Pamphlet; le Petit Caporal; la Feuille
   du peuple; la Tribune des peuples, etc., etc.*

34. Journaux politiques, satiriques et autres, publiés de 1864 au 4 Septembre 1870, in-fol.

Le Centre gauche, 4 numéros divers, 1870. — *Le Charivari*, numéros divers. — *Chronique des arts*, 1868-1869, 50 numéros. — *Courrier des Deux Mondes*, 1870, 20 numéros. — *D'Artagnan*, 1866, 66 numéros. — *Le Dix Décembre*, 1869, 55 numéros. — *L'Esprit nouveau*, 1867, 23 numéros. — *L'Excommunié*, 1869, 7 numéros. — *L'Histoire*, 1870, 15 numéros. — *L'Homme*, 1870, 6 numéros. — *La Libre Pensée*, 1867, 52 numéros. — *La Marseillaise*, du 19 décembre 1869 à septembre 1870, 60 numéros. — *La Morale indépendante*, n° 1, 6 août 1865 au 28 août 1870, 264 numéros. — *Les Mouches et les Araignées*, 1869, nos 1 et 2. — *Le Parlement*, 1869, 25 numéros. — *Le Public*, 1870, 40 numéros. — *La Rive gauche*, 1865, 50 numéros. — *La Solidarité*, 1869, 28 numéros.

35. Journaux divers, la plupart n'ayant eu que quelques numéros, publiés de 1865 à 1870.

American Times, n° 1, octobre 1869. — *L'Archi-Soleil*, nos 1, 2 et 3, octobre 1865. — *Le Baron Brisse*, n° 1, 23 juin 1867. — *Bulletin international*, n° 1, septembre 1867. — *Le Caméléon*, n° 1, août 1868. — *Courrier des chemins de fer*, n° 1, avril 1870. — *L'Émeute*, n° 1, juin 1870. — *L'Étrille*, 5 numéros, 1868. — *Le Flambard*, n° 1, juin 1869. — *La Guillotine*, seul numéro paru. — *Jocko*, février 1870, numéros 1 à 13. — *La Foudre*, 1868, 6 numéros. — *Le Fouet théâtral*, 1868, 39 numéros. — *Gazette de Hollande*, août 1867, 2 numéros. — *L'Homme*, 1870, nos 1 à 11. — *L'Incendiaire*, 1870, numéro spécimen, seul paru. — *Le Journal de Berry*, n° 1, mars 1870. — *La Libre Parole*, n° 1, 15 octobre 1868. — *Le Marché financier*, n° 1, mars 1870. — *Le Martinet*, n° 1, octobre 1869. — *Le Misérable*, février 1870, 6 numéros. — *La Misère*, 1870, 7 numéros. — *Moniteur de la gymnastique*, n° 1, décembre 1868. — *La Nouvelle École*, n° 1, avril 1869. — *Le Passant*, numéro spécimen, 1870. — *Le Progrès coopératif*, n° 1, mai 1870. — *La Publicité populaire*, numéro spécimen, 1869. — *Revue de la décentralisation*, numéro programme, 1870. — *La Silhouette littéraire*, numéro spécimen, 1868. — *Le Sifflet littéraire*, n° 1, décembre 1867. — *Le Travail*, 1866, 12 numéros. — *L'Unique*, n° 1 et dernier.

Numéros dépareillés des journaux suivants : *L'Autotypie*, *l'Avenir catholique*, *l'Écho de la Sorbonne*, *la Fantaisie parisienne*, *l'Indépendance scientifique*, *le Journal financier*, *la Liberté coloniale*, *la Liberté de l'enseignement*, *la Presse israélite*, *le Rasoir de Figaro*, *la Revue de France*, etc., etc.

36. Journaux politiques et autres dont plusieurs n'ont eu que quelques numéros, publiés de 1867 à 1870.

L'Alouette, 1868, n° 1. — *L'Ami des arts*, 1867, n° 1. — *L'Atelier*, n° 1, 16 mai 1867. — *L'Athée*, 1er mai (n° 1), au 1er août 1870, 14 numéros. — *L'Avenir*, 1868-1869, 7 numéros. — *Le Bahut*, n° 1, 17 mai 1868. — *La Basoche*, 1870, 6 numéros divers. — *Le Boulevardier*, 1868, 1 numéro. — *Bulletin des obligataires*, 1870, numéro spécimen. — *Le Carillon*, n° 1, avril 1869. — *Le Casse-tête*, 1869, 4 numéros divers. — *Le Chercheur*, 1869, numéro spécimen. — *Le Concierge*, 1868, 2 numéros divers. — *La Convention américaine*, n° 1, 10 octobre 1869. — *La Coopération*, 1867, 3 numéros divers. — *Démocrite*, 1868, 4 numéros divers. — *Le Diable*, 1870, 2 numéros 1 et 3. — *L'Écho de la semaine*, n° 1, juillet 1868. — *L'Éclair*, 1867, numéro 2. — *L'Étudiant*, 1870, 2 numéros divers. — *L'Europe financière*, n° 1, novembre 1869. — *Le Falot cosmopolite*, n° 1, juin 1868. — *La Famine*, n° 1, avril 1870. — *Le Franc-Tireur*, n° 1, janvier 1869. — *La Fronde*, 1868, 5 numéros divers. — *Gavroche*, 1870, les 6 premiers numéros. — *Gazette de la Bourse*, n° 1, novembre 1869. — *Gazette parisienne*, numéro spécimen, 1868. — *Le Gourdin*, n° 1, mars 1870. — *La Houille*, numéro programme, 1868. — *L'Impartial*, n° 1, juin 1870. — *L'Inflexible*, 1868, 15 numéros divers. — *La Jeune France*, n° 1, juillet 1870. — *Journal des femmes*, n° 1, mars 1869. — *La Loupe*, 1869, 1 numéro. — *La Mère Duchêne*, 1869-1870, 9 numéros. — *La Mère Michel*, 1870, 2 numéros. — *Le Monde des arts*, n° 1, juillet 1870. — *Moniteur des métaux ouvrés*, numéro spécimen, 1869. — *Moniteur des théâtres*, n° 1, mars 1869. — *Le Murmure*, n° 1, janvier 1868. — *L'Œil*, n° 1, novembre 1869. — *L'Ouvrier*, n° 1, mai 1870. — *Le Palais*, n° 1, novembre 1868. — *Paris Programme*, n° 1, septembre 1867. — *Le Pilori*, 1868, 6 numéros divers. — *La Presse orphéonique*, n° 1, janvier 1870. — *La Prévoyance*, n° 1, 1870. — *La Production*, n° 1, mars 1870. — *La Réforme*, numéro spécimen, juillet 1868. — *Le Sans-Culotte*, n°ˢ 1 et 2, mars 1870. — *Scapin*, 1868, n°ˢ 1, 2 et 3. (Les seuls parus.) — *Le Tambourin*, n° 1, novembre 1867. — *Le Travailleur*, numéro spécimen, 1869.

37. Journaux politiques quotidiens, publiés de 1866 à 1878, in-fol.

Figaro, du 16 novembre 1866 au 31 décembre 1877. (Les années 1872 à 1875 sont doubles.) — *Gaulois*, du 5 juillet 1868 (n° 1) au 31 décembre 1877. (Lacunes.) — *National*, du 19 janvier 1869 au 30 décembre 1871. (Lacunes.) — *Officiel*, du 1er janvier 1870 au 31 décembre 1877. (Quelques lacunes.) — *République française*, du 7 novembre 1871 (n° 1) au 17 février 1874. (Manquent les n°ˢ 155 et 420.) — *Rappel*, du 4 mai 1869 au 31 décembre 1878. (Manque l'année 1872.)

38. Journaux politiques ou autres, publiés de 1867 à 1873.

L'Avenir national, 1870-1873, 200 numéros divers. — *La Cloche*, 1869 à 1871, 200 numéros divers. — *L'Électeur*, 1868, 100 numéros. — *La Démocratie*, 1868-1870, 90 numéros. — *Le XIXᵉ Siècle*. (Lacunes.) — *Le Droit des femmes*, 1869-1871, 50 numéros. — *L'Écho universel*, 1868-1873, 30 numéros. — *Gazette de France*, 1870-1871, 100 numéros. — *Le Journal de Paris*, 1867-1871, 100 numéros. — *La Mascarade*, 1869-1872, 450 numéros. *Le Monde*, 1870-1871, 200 numéros. — *Le Petit Moniteur universel*, 1870 à 1872. — *Le Réveil*, 1868-1871, 578 numéros, etc., etc.

39. Journaux satiriques illustrés, publiés de 1867 à 1881, in-fol.

Le Bouffon, 1867-1869, 152 numéros dont plusieurs sont en double. — *La Caricature*, 1880-1881, les 87 premiers numéros. — *Le Don Quichotte*, 1874-1880, 341 numéros. (Les n°ˢ 61 et 156 manquent.) — *L'Esprit follet*, 1869-1871, numéros divers. — *La Jeune Garde*, 1877-1880, 162 numéros. (Les n°ˢ 84, 149 et 155 manquent.) — *Le Grelot*, 1872-1880, 507 numéros. — *La Lune rousse*, 1877-1879, 159 numéros. (Le n° 16 manque.) — *Le Monde pour rire*, 1868-1870, 136 numéros. — *Le Sifflet*, 1872-1877, 290 numéros dont plusieurs sont en double.

40. Journaux satiriques illustrés, publiés de 1868 à 1880. Environ 2000 feuilles.

Spécimens et numéros divers des journaux suivants : *L'Autre Monde*, *l'Auvergnat*, *le Bonnet de coton*, *le Bouffon*, *la Caricature politique*, *le Carillon*, *la Chronique illustrée*, *la Comète*, *Diogène*, *le Géant*, *la Grenouille*, *les Guêpes*, *la Halle aux charges*, *le Hanneton*, *l'Image*, *l'Indépendance parisienne*, *l'Indiscret*, *la Lune*, *le Masque*, *le Monde pour rire*, *le Philosophe*, *le Polichinelle*, *la Rue*, *Scapin*, *la Scie*, *le Sifflet*, *la Timbale*, *le Titi*.

41. Journaux divers publiés à Paris pendant la guerre et le siège, 1870.

Le Bulletin de la municipalité de Paris, 1870, 11 numéros. — *Le Combat*, 1870-1871, 131 numéros. — *Le Constitutionnel*, juin à décembre 1870, 40 numéros. — *Le Courrier français*, 1870, 13 numéros. — *La Défense nationale*, 1870, 25 numéros. — *Le Drapeau*, 3 numéros. — *Le Drapeau français*, 1 numéro. — *Le Français*, 20 numéros. — *La France nouvelle de 1871*, 30 numéros. — *Le Feu Grégeois*, n° 1. — *Garibaldi*, 1 numéro. — *Journal des réfugiés*, 1870-1871, 40 numéros. — *Journal du peuple*, 30 numéros. — *Journal officiel*, 4 septembre au 19 mars 1871. (Lacunes.) — *La Lutte à outrance*, 2 numéros. — *Moniteur de la République*, 4 numéros. —

La Nation, 25 numéros. — *La Nouvelle République*, 18 numéros. — *Les Nouvelles*, 200 numéros. — *La Patrie en deuil*, 1871, 7 numéros. — *Le Patriote*, 30 premiers numéros. — *Le Peuple*, 120 numéros. — *La Presse*, 10 numéros. — *La Révolution*, 1870, n° 1. — *Le Trac*, n° 2. — *Le Veilleur*, 1871, n°ˢ 1 et 2. — *Le Volontaire*, 15 numéros, etc., etc.

42. Journaux de Paris publiés en province pendant la guerre de 1870 et la Commune de 1871.

La Gazette de France, 1870-1871. — *La Gazette de France de Versailles*, 9 avril au 31 mai 1871. — *La Liberté*, 9 avril au 2 mai 1871. — *Le Moniteur universel de Tours et de Bordeaux*, 21 septembre 1870 au 15 mars 1871. — *Le Siècle*, 1ᵉʳ octobre 1870 au 10 mars 1871.

43. Journaux politiques publiés en province après le 4 septembre 1870 et n'ayant eu que quelques numéros. Numéros divers.

Le Défenseur des droits de l'homme, le *Drapeau blanc*, l'*Echo de la Somme*, l'*Etincelle*, la *Fédération*, la *Franchise*, le *Républicain du Jura*, la *Revanche*, *Rouen-Gazette*, le *Sphinx*, etc., etc.

44. Journaux de Province et de l'étranger, publiés pendant la guerre de 1870-1871.

Le Carillon de Saint-Gervais, numéros divers. — *Die Presse*, 1870, 17 numéros. — *L'Echo Sparnacien*, 1870-1871, numéros divers. — *L'Eclaireur de Saint-Etienne*, 1869-1870, 609 numéros. — *Les Etats-Unis d'Europe*, 1870-1871, 44 numéros. — *Gazetta Torunska*, 200 numéros. — *Le Moniteur de la Manche*, 29 numéros. — *Moniteur officiel à Rouen*, 79 numéros. — *Moniteur officiel du département de Seine-et-Oise*, 108 numéros. — *Moniteur officiel du gouvernement général allemand à Reims*, 20 numéros, etc.

45. Journaux illustrés. Période de la Guerre et de la Commune, volumes in-4, reliés et en feuilles.

La Guerre illustrée, 1870-1871. — *L'Evénement illustré*, 1870. — *L'Illustration*, 1871. — *Le Monde illustré*, 1870-1871. — *L'Univers illustré*, 1870 à 1873, 1875, 1878 et 1880.

46. Journaux politiques, publiés à Paris pendant le siège et la Commune, 1870-1871.

L'Ami de la France, 19 novembre 1870 au 12 avril 1871, 131 numéros. — *L'Autographe, Evénements de* 1870-1871, 52 numéros. — *Le Droit*, 30 numéros. — *La France*, juillet 1870 à mai 1871, 100 numéros. — *Journal des Débats*, janvier 1870 au 30 décembre 1871, 180 numéros. — *La Liberté*, 6 mai au 31 décembre 1871. — *Moniteur de la guerre*, 9 août 1870 au 24 mai 1871. — *La Patrie*, 18 juillet 1870 au 4 juillet 1871. — *Le Pays*, janvier 1870 à novembre 1871, 200 numéros divers. — *Le Petit Journal*, 1ᵉʳ janvier 1870 au 22 septembre 1871, 150 numéros. — *La Populace*, 30 novembre 1870 au 1ᵉʳ avril 1871, 50 numéros. — *La Situation*, 18 septembre 1870 au 7 août 1871, 266 numéros. — *Le Soir*, juillet 1870 à juin 1871. Environ 300 numéros. — *Le Temps*, juillet 1870 à décembre 1871. (Lacunes.) — *L'Univers*.

47. Journaux de Metz, publiés pendant la guerre et le siège, 1870.

Le Courrier de la Moselle, 16 numéros divers. — *L'Indépendant de la Moselle*, n°ˢ 103 à 128, 37 numéros. — *Le Journal de Metz*, 26 numéros. — *Le Messin*, 1 numéro. — *Moniteur de la Moselle*, 2 numéros. — *Le Vœu national*, 14 numéros divers.

48. Journaux politiques, publiés à Paris pendant la Commune de 1871.

Collections complètes :

L'Affranchi, 2 au 25 avril, 24 numéros. — *Le Bonnet rouge*, 10 au 22 avril, 13 numéros. — *Le Bulletin du jour*, 16 au 23 mai, 8 numéros. — *La Carmagnole*, 7 numéros. — *Le Cri du peuple*. 22 février au 23 mai, 83 numéros. — *La Commune*, 20 mars au 18 mai. — *La Discussion*, 12 au 16 mai, 5 numéros. — *L'Estafette*, 23 avril au 23 mai, 30 numéros. — *Journal officiel*, 20 mars au 24 mai. — *La Montagne*, 2 au 25 avril, 22 numéros. — *Le Mot d'ordre*, 3 février au 20 mai, 86 numéros. — *Paris Libre*. 12 avril au 24 mai. — *Le Réveil du peuple*, 18 avril au 22 mai. — *La Sociale*, 31 mars au 17 mai. — *Le Vengeur*, 3 février au 24 mai.

Numéros divers des journaux suivants :

L'Action, *l'Anonyme*, *le Bon Sens*, *Caïn et Abel*, *la Commune dévoilée*, *le Corsaire*, *l'Echo de Paris*, *l'Etoile*, *le Faubourg*, *le Fédéraliste*, *Journal populaire*, *la Justice*, *l'Ouvrier de l'avenir*, *Paris-Belleville*, *le Pirate*, *la Politique*, *le Prolétaire*, *le Réparateur*, *la Rouge*, *le Salut*, *le Trait d'Union*, *le Tribun*, etc.

49. Journaux politiques et autres, publiés de 1871 à 1883, la plupart n'ayant eu que quelques numéros.

L'Action, 1883, 200 numéros. — *L'Ami du peuple*, 1881-1882, 300 numéros. — *L'Antipapiste*, 1873, nos 1 et 2. — *L'Antiprussien*, 1871, numéros divers. — *L'Avenir*, 1872, 32 numéros. — *Le Bien public*, 1871-1872, numéros divers. — *Le Châtiment*, 1871-1873, 50 numéros. — *La Claque*, 1874, no 1. — *La Comédie politique*, 1871, 8 numéros. — *Le Commerce*, 1871, les 3 premiers numéros. — *Le Corsaire*, 1872-1873, 390 numéros. — *La Crécelle*, 1871, no 1. — *Eldorado-programme*, 1871-1872, 40 numéros. — *Journal de Guignol*. 1872, no 1. — *Journal de l'écolier*, 1873, no 1. — *Journal des fous*, no 1. — *Le Justicier*, 1872, 12 numéros. — *La Nation souveraine*, 1871, 30 numéros. — *L'Ordre*, 1871, 15 numéros. — *Le Patriote*, 1872-1873, 39 numéros. — *Le Patriote français*, 1874, 40 numéros. — *Petit Bulletin du soldat*, 1872 numéro spécimen. — *La Politique positive*, 1872-1873, 31 numéros. — *Le Radical*, 1871-1872, 80 numéros. — *La Religion laïque*, 1876, 36 numéros. — *Le Républicain de Paris*, 1871-1872, 225 numéros. — *Le Sans-Culotte*. 1871, no 1. — *Le Tam-Tam*. 1871, numéro spécimen. etc. etc.

50. L'Éclipse, journal hebdomadaire politique, satirique et illustré. *Paris*, 1868 à 1876, 8 années contenant 400 numéros in-fol. — Nouvelle série, 1877-1880, 193 numéros in-4.

Incomplet des nos 236 (1873), 315 (1874); nouvelle série nos 8 et 10 (1876).

51. La Lanterne, par Henri Rochefort. *Paris et Bruxelles*, 1868 à 1876, in-16, br.

Première série, 77 numéros; seconde série, 85 numéros.
On a ajouté à cette collection les 77 premiers numéros de la série microscopique, 1868 à 1869, et divers écrits pour et contre *La Lanterne*.

52. Siège de Paris, Lettre journal, Gazette des absents. *Paris*, *Jouaust*, 1870-1871, in-8, mar. citron, fil. tr. dor.

53. Le Moniteur prussien de Versailles, paru à Versailles pendant l'occupation prussienne, publié par Georges d'Heylli. *Paris*, *L. Beauvais*, 1872, 2 vol. in-8, cart. non rog.

Exemplaire tiré sur PAPIER DE HOLLANDE.

54. Le Triboulet. Journal satirique politique illustré. *Paris*,
1878-1881, 2 vol. in-4, demi-rel. chag. r. avec coins, fil. et
l'année 1881, en livraisons.

55. Guerre de 1870-1871 : Affiches officielles, placards, feuilles
diverses publiées pendant le siège de Paris et la guerre en
province ; affiches électorales, professions de foi, etc. concer-
nant les élections législatives de 1877 et 1881. Environ
2 000 pièces.

> Quelques pièces sont en double.

56. Commune de Paris, 1871 : Affiches officielles du comité cen-
tral, des députés, des maires de Paris, du gouvernement de
Versailles. Environ 1 000 pièces.

> Quelques pièces sont en double.

DESSINS, GRAVURES,
LITHOGRAPHIES, PHOTOGRAPHIES. — CARICATURES

1. MÉLANGES

57. Gravures et lithographies de divers genres. Environ 200 pièces
de formats divers.

58. Eaux-fortes de divers genres, par J. Veyrassat, Trimolet,
E. Yon, E. Millet, Legros, Liva, Meissonier, L. Flameng,
Bracquemond, Teyssonnière, Taiée, Pichio, E. Moyse, Mont-
bard, Courtry, Martial, etc. 129 pièces, la plupart in-fol.

> Planches extraites en grande partie des différentes publications de Cadart,
> et en divers états.

59. Croquis militaires. Eaux-fortes de Morin, Dupray, E. Detaille,
A. Lançon, Mar. Roy, M. Leloir, Armand-Dumaresq. 40 pièces
de différents formats.

> Ces planches se trouvent en divers états, elles sont extraites des différentes
> publications de Cadart.

60. Croquis militaires, par A. de Neuville. *Paris*, *Goupil*, *s. d.*
20 planches in-fol. gravées à l'eau-forte, dans 1 carton.

61. Caricatures de divers genres, par V. Adam, Charlet, Daumier, Fragonard, Gavarni, Grandville, Eug. Lami, Lepoitevin
et Raffet, 90 pièces lithographiées.

62. Caricatures, charges, placards, etc. sur les événements de
1849 à 1880, par Amelot, Bar, Baylac, Belloguel, Bocquin,
Cham, Charlet, Corseaux, Daumier, Demare, Draner, Elliot,
Faustin, Gill, Klenck, Alf. Le Petit, Mathis, Moloch, Montbard,
Pepin, Pillotell, Randon, Rosambeau, Saïd, Stock, Théo, Ver-
nier. Environ 800 pièces lithographiées noires et en couleur.

63. Jules Pelcoq. Actualités. *Paris, Martinet,* 1862, 51 planches
diverses in-4, lithographiées et en couleur.

64. G. Frison. Actualités drolatiques, avec légende. 63 planches
lithographiées et en couleur.

65. Gill. Album de La Lune et de L'Éclipse, 100 dessins. — La
Petite Lune rousse, 52 dessins. — Le Bulletin de vote, 72 dessins.

66. Gill (A.). A propos des Moniteurs, pièce in-4.
   DESSIN ORIGINAL au crayon, reproduit par l'*Eclipse*, n° du 10 jan-
   vier 1869.
   On a joint du même dessinateur une gravure : *La Corde au cou.*

67. Fleurs, fruits et légumes du jour, par Alfred Le Petit. Lé-
gendes de H. Briollet. *Paris, au bureau de l'Eclipse, s. d.*
31 planches in-4, lithographiées et en couleur, en feuilles dans
1 carton.

68. Caricatures, pamphlets, placards, etc. sur Napoléon III,
l'Impératrice, le prince Impérial, le prince Napoléon, etc.
800 pièces lithographiées, figures sur bois, etc. noires et en
couleur, publiées de 1870 à 1880.

   Collection importante qu'il serait difficile de former aujourd'hui.
   Quelques pièces sont répétées plusieurs fois.

69. La Ménagerie impériale, par Hadol. *Paris, Impr. Coulbœuf,*
s. d. 370 planches dépareillées noires et en couleur.

70. Baufumé en tournée électorale, par Plik et Plok. *Paris,*
Madre, s. d. in-4 obl. fig. br.

2. GUERRE DE 1870-1871

71. Klenck. Unissons-nous!... In-fol.
   DESSIN A L'AQUARELLE signé et daté du 5 septembre 1870: on y voit
   toutes les classes de la société rassemblées en groupe sous les plis du drapeau de la République pour la défense du pays; ce dessin fut vendu à l'édi-
   teur Saillant et n'a pas été reproduit.

72. Guerre de 1870-1871. Épisodes de batailles. 6 planches, in-4.

DESSINS au lavis rehaussés à la gouache; ils sont signés : Choubrac.

73. Guerre de 1870-1871. Types militaires français et allemands. 35 pièces.

DESSINS au crayon rehaussés au pastel, ils sont signés : L. Rocton. 1870.

74. Guerre de 1870. Eaux-fortes diverses sur les événements militaires, par A. Queyroy, Neuville, Regamey, A. Protais, Martial, Boilvin et Mitchel. 38 pièces in-fol.

Planches extraites pour la plupart des diverses publications de Cadart et en différents états.

75. Les Prussiens chez nous. Eaux-fortes et distiques, par Martial. *Paris, Cadart*, 1871, 12 planches, in-fol. en feuilles.

Exemplaire sur CHINE.

76. CARICATURES, portraits-charges, placards, pamphlets, etc. publiés à Paris et en province, de 1870-1871. 2726 pièces lithographiées, en noir et en couleur, classées par noms d'artistes dans 4 cartons-boîtes.

Actualités de Grognet, *Paris assiégé, Soldats de la République, Souvenirs du siège de Paris, Paris dans les caves, Paris bloqué, Paris garde national, Paris sous la Commune, Hauts dignitaires de la Commune, Folies de la Commune, Pilori éternel, Prise de Paris, Agonie de la Commune, Hommes du jour, Hommes d'Église, Maître et valet, Grands généraux, Afflictions de Badinguet, Bêtise humaine, Musée tudesque, Panorama comique, Profils politiques, Valets de l'Empire, Fleurs et fruits, les Signes du Zodiaque.*

77. Caricatures contre l'empereur Guillaume, le prince de Bismarck et les Allemands, publiées pendant la guerre de 1870-1871. 200 pièces lithographiées, figures sur bois, etc. en noir et en couleur.

Quelques pièces sont en double.

78. Guerre de 1870-1871. Événements militaires en province : Généralités, types militaires, caricatures, cartes, etc. 193 pièces de différents formats, gravées sur bois et lithographiées en noir et en couleur.

Quelques pièces sont répétées plusieurs fois.

79. Les Francs-Tireurs de Colmar, 15 eaux-fortes, par de Boret. *Paris, A. Cadart, s. d.* 15 planches, in-fol. en feuilles.

Épreuves sur GRAND PAPIER DE CHINE.

80. — La même suite.

Deux états : papier vergé et GRAND PAPIER DE CHINE.

81. Défense de Châteaudun. Eaux-fortes diverses de Mondoucet, Montarlot de Rochebrune. 11 planches in-fol.

Épreuves en divers états.

3. SIÈGE DE PARIS

82. **Cham et Daumier. Album du siège.** Recueil de caricatures publiées pendant le siège dans le « Charivari ». *Paris, au bureau du Charivari, s. d.* in-4, 40 planches lithographiées, br.

83. **Desbrosses. Paris et ses avant-postes,** pendant le siège, 1870-1871. 12 eaux-fortes. *Paris, Cadart et Luce, s. d.* 12 planches in-fol.

> Épreuves sur GRAND PAPIER DE CHINE.

84. **— La même suite.**

> Deux états : papier vergé et GRAND PAPIER DE CHINE.

85. **Draner. Paris assiégé.** Scènes de la vie parisienne pendant le siège. *Paris, au bureau de l'Éclipse, s. d.* 31 planches in-4, lithographiées en couleur, dans un carton.

86. **Draner. Souvenirs du siège de Paris.** — Les Défenseurs de la Capitale. *Paris, au bureau de l'Éclipse, s. d.* 31 planches in-4, lithographiées en couleur, dans un carton.

87. **Draner. Souvenirs du siège de Paris.** — Les Soldats de la République. — L'Armée française en campagne. *Paris, au bureau de l'Éclipse, s. d.* 31 planches in-4, lithographiées en couleur, dans un carton.

88. **J. Guiaud et E. Laporte. Siège de Paris 1870-1871.** — Épisodes civils et militaires de la défense. 33 photographies in-fol. sur chine dans un carton.

89. **Laborne. Siège de Paris, 1870.** Départ d'un bataillon de mobiles. In-4, oblong.

> DESSIN A L'AQUARELLE signé Émile Laborne et daté de Paris, décembre 1870.

90. **Maxime Lalanne. Souvenirs artistiques du siège de Paris, 1870-1871.** *Paris, Cadart et Luce, s. d.* 12 eaux-fortes in-fol.

> Épreuves sur GRAND PAPIER DE CHINE.

91. **— La même suite.**

> Deux états : papier vergé et GRAND PAPIER DE CHINE.

92. **Martial. Les Femmes de Paris pendant le siège, 1871.** Notes et eaux-fortes. *Paris, Cadart, s. d.* 12 planches in-fol. sur Hollande.

93. **— La même suite** sur GRAND PAPIER DE CHINE.

94. Martial. Les Marins de la défense de Paris, 1871. *Paris, Cadart, s. d.* 16 planches in-fol. couverture.

> Deux états : sur papier vergé et sur GRAND PAPIER DE CHINE.

95. — La même suite.

> Cinq états : papier vergé, papier de Chine, papier de Chine de format in-4, papier de Chine tiré sur 4 feuilles, GRAND PAPIER DE CHINE.

96. Martial. Paris pendant le siège. Notes et eaux-fortes. *Paris, Cadart,* 12 planches in-fol. couverture.

> Épreuves sur GRAND PAPIER DE CHINE.

97. — La même suite.

> Deux états : papier vélin fort et GRAND PAPIER DE CHINE.

98. Roux. Siège de Paris, 1870-1871. Vues pittoresques des fortifications dessinées d'après nature et gravées par P. Roux. 19 planches in-4 obl. sur chine dans 1 carton.

99. Saro-Cucinoti. Les Ambulanciers. 9 planches in-fol. gravées à l'eau-forte.

> Épreuves sur PAPIER DE HOLLANDE AVANT LA LETTRE.

100. — La même suite sur PAPIER DU JAPON.

101. Pierdon. 1870-1871. Saint-Cloud brûlé. *Paris, Cadart et Luce, s. d.* 12 eaux-fortes in-fol.

> Deux états : sur papier de Hollande et sur GRAND PAPIER DE CHINE.

102. Edm. Yon. Autour de Paris après la guerre, 12 eaux-fortes. *Paris, Cadart et Luce, s. d.* 12 planches in-fol.

> Épreuves sur GRAND PAPIER DE CHINE.

103. — La même suite.

> Deux états : papier de Hollande et GRAND PAPIER DE CHINE.

104. Siège de Paris, 1870-1871. Eaux-fortes diverses par A. de Neuville, Max. Lalanne, Bracquemond, C. Launay, F. Schommer, A. Taïée, E. Selle, H. Saffrey, Pierdon, L. Couturier, C. Launay, Ch. Beauverie, E. Ourry. 68 pièces in-fol.

> Ces planches sont extraites pour la plupart des différentes publications de Cadart et se trouvent ici en différents états.

105. Siège de Paris, 1870. Événements militaires et politiques : caricatures, placards, portraits-charges, cartes, etc., etc. 303 pièces de différents formats, gravées sur bois et lithog. en noir et en couleur.

> Quelques pièces sont répétées plusieurs fois.

4. COMMUNE DE PARIS

106. Avant, pendant et après la Commune. Caricatures à l'eau-forte par Pilotell. *Londres, chez l'auteur, s. d.* 19 planches in-8 en feuilles.

Collection complète et rare avec titre et tables.
Exemplaire sur PAPIER DE CHINE avec quelques pièces en double.

107. Commune de Paris, 1871. Eaux-fortes diverses sur les événements par Martial, A. Taïée, H. Saffrey, E. Moyse, E. Daumont, N. de Gourcy. 21 planches in-fol.

Planches extraites des diverses publications de Cadart et en différents états.

108. Paris sous la Commune. Notes et eaux-fortes par Martial. *Paris, Cadart et Luce, s. d.* 12 planches in-fol.

Exemplaire sur GRAND PAPIER DE CHINE.

109. — La même suite.

Trois états : papier vergé, papier fort, GRAND PAPIER DE CHINE.

110. Commune de Paris. Lithographies en couleur sur les événements de Paris, 1871. 22 grandes planches in-fol.

111. Commune de Paris et Événements politiques de 1871 à 1880. Caricatures, placards, portraits-charges, lithographies, figures allégoriques, etc. 672 pièces de différents formats, lithographiées, noires et en couleur.

Quelques pièces sont répétées.

112. Les Communeux, 1871. Types, caractères, costumes, par Bertall. *Paris et Londres, s. d.* 34 planches in-4, lithographiées et en couleur, cart.

113. The Communists of Paris, 1871, by Bertall, with explanatory text descriptive of each design written expressly for this edition by an Englishman. *Buckingham, s. d.* 40 planches in-4, en couleur, cart.

114. Ruines de Paris, 1871. 20 planches in-4 oblong.

DESSINS A L'AQUARELLE, signés de S. Mousset, 1871.

115. Ruines de Paris, 1871. Eaux-fortes de Pierdon, H. Saffrey, A. Taïée, Ch. Beauverie, A. Vollon, Toussaint. 29 pièces in-fol.

Planches extraites des diverses publications de Cadart, et en différents états.

116. Paris incendié, 1871. Eaux-fortes, par Martial. *Paris, Cadart et Luce, s. d.* 12 planches in-fol.

> Trois états : papier vergé, papier fort et GRAND PAPIER DE CHINE.

117. Les Ruines de Paris et de ses environs, 1870-1871. 100 photographies, par A. Liébert, texte par Alfr. d'Aunay. *Paris, Liébert*, 1872, 2 vol. in-8 obl. photographies, cuir de Russie, tr. dor.

118. Les Ruines de Paris et de ses environs. 1870-1871. *Paris. Liébert*, 1872. 100 photographies in-4, dans 1 carton.

119. Photographies représentant les ruines de Paris et de ses environs. Environ 200 pièces diverses et albums.

PORTRAITS ET CHARGES

(La plupart extraits des journaux illustrés)

120. Jules Favre. Caricatures, 117 pièces, noires et en couleur.

121. Jules Ferry. Caricatures, 36 pièces, noires et en couleur.

122. Gambetta. 3 portraits gravés à l'eau-forte, d'après Abot. Calmon et Bonnat, plus 1 portrait lithographié, par Mailly. — Ens. 4 pièces.

123. Gambetta. Caricatures, 94 pièces noires et en couleur.

124. Grévy. Caricatures, 50 pièces noires et en couleur.

125. Victor Hugo. Portraits gravés à l'eau-forte, d'après A. Legros, L. Bonnat, Regamey et portraits lithographiés, par Penaville, Mailly et Bertall, etc. — Ens. 9 pièces de différents formats.

126. Victor Hugo. Caricatures, 55 pièces, noires et en couleur.

127. Emile Ollivier. Caricatures, 63 pièces noires et en couleur.

128. Ernest Picard. Caricatures, 32 pièces noires et en couleur.

129. Henri Rochefort. Caricatures. 67 pièces noires et en couleur.

130. Jules Simon. Caricatures, 30 pièces noires et en couleur.

131. Thiers. Portraits gravés, d'après D'Auvergne, Julien, Yan'-Dargent, Bonnat. etc. 8 pièces de différents formats.

132. Thiers. Caricatures, 300 pièces noires et en couleur

133. Thiers. *L'Ombre de M. Thiers*, portrait-charge, par André Gill.

Épreuve à l'eau-forte sur hollande, plus 7 épreuves sur chine volant.

134. Trochu. Caricatures, 110 pièces noires et en couleur.

135. Portraits divers de célébrités contemporaines. Environ 100 pièces gravées ou lithographiées.

136. Portraits d'hommes politiques et autres ayant joué un rôle dans les événements de 1848 à 1880. 77 pièces gravées et lithographiées de différents formats.

137. Caricatures d'hommes politiques, d'écrivains, d'artistes, etc. etc. publiées par différents journaux satiriques de 1866 à 1880. 440 pièces en couleur.

138. Portraits-charges et autres d'acteurs, d'actrices et de célébrités dramatiques, extraits de divers journaux illustrés. 161 pièces in-fol.

139. Les Hommes d'aujourd'hui, par A. Gill et H. Demare. *Paris, s. d.* 4 vol. gr. in-8, portraits en couleur, br.

Les quatre premières années. 208 numéros. Les numéros 119 et 154 manquent.

140. Aquarelles politiques, par Dupendant, 43 portraits réunis en 1 vol. in-4, cart.

Rochefort, Clémenceau, Gambetta, Turquet, Jules Simon, Victor Hugo, Malezieux, Henri Martin, Cochery, Canrobert, Bazaine, Louis Blanc, Garibaldi, Ducrot, Ern. Picard, Guillaume, Bismarck, Thiers, Crémieux, Garnier-Pagès, Jules Favre, Dupanloup, Lefrançais, Trochu, Félix Pyat, Cluseret, Delescluze, Courbet, R. Rigault, Flourens, etc. etc.

141. Marrons sculptés. *Paris, s. d.* 100 pièces en couleur.

Thiers (6 exemplaires). — Jules Favre (10 exemplaires). — Ern. Picard 12 exemplaires.). — Vinoy 8 exemplaires). — Ducrot 8 exemplaires). — Le comte de Paris (9 exemplaires). — Trochu 23 exemplaires). — Jules Ferry (23 exemplaires).

142. La Commune, par E. G. Portraits, avec notice biographique. *Paris, A. Mordret, s. d.* 55 portraits in-8, en couleur.

143. La Commune, par Paul Klenck. 358 portraits divers, lihographiés en noir et en couleur.

144. Caricatures des hommes de la Commune de Paris, 1871, extraits, pour la plupart, des différents journaux satiriques publiés à cette époque. 260 pièces noires et en couleur.

Quelques pièces sont en double.

Paris. — Typ. G. Chamerot, 19, rue des Saints-Pères. — 22045.

RED. :

21

MIRE ISO N° 1
NF Z 43-007
AFNOR
Cedex 7 - 92080 PARIS-LA-DÉFENSE
graphicom
3/9.89 /0
0 1 2 3 4 5 6 7 8 9 10

BIBLIOTHEQUE NATIONALE DE FRANCE

****

CHATEAU DE SABLE

1996